AF392977

DÉSIGNATION

DES

TABLEAUX

COLLECTION PROVENANT DE RUSSIE

BATONI (Pompéo)

1 — Tête de Vierge.

Représenté en buste, de profil, la tête nue, robe rouge, manteau bleu.

BOL (Ferdinand)

2 — Portrait d'une Femme âgée.

En buste, de trois quarts, à gauche, robe noire avec chaîne en or; large collerette plate, bonnet noir.

CANALETTI (Attribué à)

3 — Vue du Grand-Canal de Venise.

4 — Autre vue de Venise.

CANALETTI (École de)

La Place des Procuraties, à Venise.

CORRÉGE (Ecole du)

6 — Sainte Famille.

Deux anges sont en contemplation devant l'Enfant Jésus, la Vierge soutient le divin Enfant, saint Joseph est en méditation.

CUYP (Attribué à G.)

7 — Portrait d'une Jeune Fille.

En buste, de face, tête nue, cheveux courts, robe brune, collerette blanche.

CAMPHUYSEN

8 — L'Étable.

Sur la gauche, plusieurs vaches ; à droite, une servante verse de l'eau dans un baquet ; à terre quelques ustensiles de cuisine.

DAVIDOFF

9 — Fidéles assistant à l'office divin.

DUBBELS

10 — Marine.

Sur rade, plusieurs navires, en avant, des matelots dans une barque abordent le rivage.

GLAUBER & LAIRESSE

11 — Vénus et Adonis entourés d'Amours.

Ils se reposent à l'entrée d'un bois qui occupe la droite ; à gauche, est une vaste campagne sillonnée par une rivière.

GUIDO (Reni)

12 — Saint Sébastien percé de flèches.

HALS (Attribué à Franz)

13 — Portrait d'Homme.

En buste, de face, le visage vivement éclairé; il porte moustaches et mouche; vêtement noir, cravatte blanche, large chapeau en feutre noir.

HARLEM (Cornélis de)

14 — Bacchus couronné de pampres.

Le Dieu est assis sur un tertre et tient un verre; près de lui est une Bacchante qui presse des raisins. Belle qualité du maitre.

MICHEL-ANGE (du Caravage)

15 — Jésus et les Discisples d'Emaüs.

OEuvre magistrale.

NEFF (Peeter)

16 — Intérieur d'église. Effet de nuit.

Un abbé, accompagné de deux seigneurs, se dirigent vers la gauche, ils sont précédés par un page qui tient une torche allumée; à droite. dans le fond, un pénitent se confesse à un prêtre.

REMBRANDT (Attribué à Paul van Ryn)

17 — Portrait d'Homme.

En buste, de trois quarts à droite, cheveux et barbe gris, tête nue, vêtement verdâtre, manteau brun. Peinture large et vigoureuse.

ROTARI

18 — Portrait d'une jeune Moscovite.

En buste, de trois quarts, à droite ; coiffure rouge, robe garnie de fourrure, collier et boucles d'oreilles en perles.

RUYSDAEL (Jacques)

19 — Paysage. Site norwégien.

Sur le devant, nappe d'eau tombant entre des roches et formant un torrent ; à droite, haut rocher couronné d'arbres ; au dessus du torrent, pont rustique sur lequel passent un homme et une femme qui cheminent vers une chaumière ; dans le fond, haute colline avec château fort ; cette partie du tableau est vivement éclairée par le soleil ; en bas de la colline est une campagne accidentée, ciel nuageux.

Ce tableau, bien que portant une fausse signature et ayant quelques repoints maladroits, est pour nous incontestable de Jacques Ruysdaël.

STEENWYCK

20 — Intérieur d'église.

Devant un rétable sont deux moines en prière ; sur plusieurs points, divers personnages circulent comme visiteurs ; sur les pilliers sont des tableaux et des blasons.

STRY (van)

21 — Paysage.

A gauche, plusieurs vaches couchées, puis un cheval debout et quelques moutons ; à droite, une villageoise assise près d'un arbre ; plus loin, une femme montée sur un âne et un paysan.

VERKOLIÉ

22 — Le Souper.

Intérieur hollandais ; un personnage est en compagnie de deux courtisanes, l'une boit à sa santé ; l'autre tient une longue pipe et fume ; dans le fond, un valet apporte des rafraîchissements.

WOUVERMANS (Philippe)

23 — La Halte.

A la porte d'une auberge qui occupe la droite, est une femme tenan
un enfant, et un homme debout près d'un officier hollandais qui monte
sur un cheval blanc, boit le coup de l'étrier ; à gauche, est un chemin
creux que monte un chasseur à cheval suivi de ses chiens ; dans le
fond , campagne avec coteaux.

COLLECTION DE FEU M. FARCY

DU CHATEAU DE SALENSTEIN (Suisse.)

BRIL (Mathieu)

24 — Paysage avec rivière.

BRANDUS

**25 — Portrait présumé de Guillaume d'Orange, roi d'An-
gleterre.**

CARRACHE (Attribué à A.)

26 — La Mise au tombeau.

CARRACHE (Louis)

27 — Saint Pierre priant.

CIGNANI (Carlo)

28 — Adam et Ève.

CORRÉGE (École du)

29 — L'Amour sur des nuages.

DOMINIQUINO (Zampiéri)

30 — Saint Jean-Baptiste.

DYCK (D'après Van)

31 — Le Repos de la Sainte Famille.

FRANCIA (Bedgi)

32 — Le Génie de l'Étude.
   Œuvre gracieuse.

GIORDANO (Luca)

33 — Le Sommeil d'Endymion.

LUINI (Bernardino)

34 — Jésus bénissant.

LUCARINI

35 — Hérodiade tenant la tête de saint Jean.

MARATI (Carlo)

36 — Le Sommeil de Jésus.

PROTI (Angélo)

37 — Femme nue couchée sur un canapé.

RIGAULT (École de)

38 — Dame de l'époque de Louis XV ; près d'elle est sa petite fille.

RUBENS (Attribué à)

39 — La Chasse de Méléagre.

TITIEN (École du)

40 — Amour tenant une Colombe.

UTRECH (van)

41 — Oies et Canards sauvages.

WOUVERMANS (Genre de)

42 — Halte de Bohémiens.

ZÉGHERS

43 — Galilée.

ÉCOLE ESPAGNOLE

44 — Madeleine repentante.

45 — Saint Pierre priant.

COLLECTION DE FEU Mme P***

ARTOIS (Attribué à van)

46 — Paysage avec château fort.

47 — Paysage avec repos d'animaux.

BEAUMONT (D'après DROUAIS)

48 — Les Enfants de France.

Le comte de Provence et le comte d'Artois représentés en petits Savoyards.

BOUCHER (D'après)

49 — Portrait de Mme de Pompadour.

50 — Sujet pastoral.

BUDELOT

51 — Le Bois de Boulogne.

BRUAUDET (Genre de)

52 — Paysage accidenté.

CARRACHE (D'après A.)

53 — La Vierge près du corps inanimé du Sauveur.

CICÉRI (A.)

54 -- Paysage avec rivière.

CHARDIN (Genre de S.)

55 — Dame de l'époque de Louis XVI prenant une tasse.
de thé.

DIÉBOLD

56 — Marines. Effets de soleil. Deux pendants.

DUPLESSIS

57 — Soldat demandant sa route à une villageoise.

FRANCK

58 — Jésus portant sa croix.

GRENIER

59 — Pêcheurs sur le bord de la mer.

HEMSKERCK (Genre de)

60 — Estaminet flamand.

HONDIUS

61 — Fête à Bacchus.

LEBRUN (Genre de)

62 — Mariage mystique de sainte Catherine.

MAAS (D'après)

63 — Dame hollandaise.

MARTIN (Genre de)

64 — Marche de cavaliers.

MATHIEU (A.)

65 — Intérieur d'église.

MEYER

66 — Paysage montagneux. Soleil couchant.

MICHAUD (T.)

67 — Marché sur le bord de la mer.

MOMPER

68 — Paysage. Site agreste.

NATTIER (Genre de)

69 — Bustes de femmes. Deux pendants. (Pastels.)

OS (G.-G. van)

70 — Gibier et Accessoires de chasse.

PIAZETTA

71 — Petits Mendiants italiens.

RIGAUD (Attribué à H.)

72 — Personnage de l'époque de la Régence.

73 — Portrait du roi Louis XIV.

74 — Portrait d'un prince de la maison de France.

RUBENS (D'après)

75 — La Mort du Christ.

UDEN (VAN)

76 — Paysage avec Moulin à vent.

VLIÉGER (SIMONDE)

77 — Plage et Bras de mer.

ZÉEMAN

78 — Plage entre des rochers.

ÉCOLE MODERNE

79 — Pirates grecs.

80 — Paysage. Marine.

ÉCOLE MODERNE

81 — Fleurs dans des vases.

82 — Groupe de Fleurs.

83 — Paysage avec Figures et Animaux.

84 — Paysage boisé.

85 — Intérieur de cloître.

86 — Plage normande.

87 — Paysage. (Étude.)

INCONNUS

88 — L'Adoration des Mages.

89 — Le Coup de tonnerre.

90 — Sainte tenant un ostensoir.

91 — L'Extase de saint François.

92 — Sainte Famille.

93 — Paysage avec Chaumière.

94 — Jeune Homme jouant de la flûte.

95 — Quelques Gravures encadrées et des Dessins chinois.

96 — Trois Bas-reliefs en bronze.

97 — Sous ce numéro seront vendus plusieurs portraits de l'école française et des pastels, le tout appartenant à Mme la vicomtesse de M***.

Renou et Maulde, imprimeurs de la Compagnie des Commissaires-Priseurs, rue de Rivoli, 144.   48475